KB135517

사랑한다면

이채현 시집

시인의 말

지순한 그리움이 핀다.

연둣빛 잎 사이에 꽃망울이 맺혔다.

붉은 꽃잎이 한 순간을 다해 피고 있다.

진들

지지 않는 사랑 속으로.

차례

2부_사랑한다면

3부_가인(街人)

4부_마음연습

5부_빈손

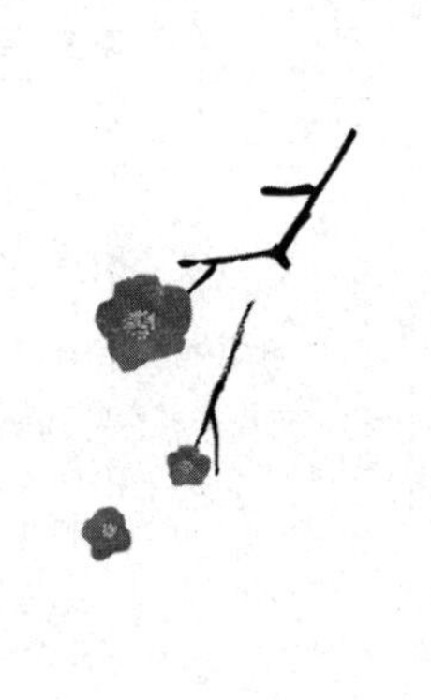

1
부

들판에 서거들랑

기도

내 몸에서
마른 나뭇잎 떨어져 내렸으면
썩은 가라지 훑어져 내렸으면
거울 같이 맑은 호수에

떠다니다
햇살 맑은 어느 날
별 같은 꽃이 되었으면
달 같은 잎이 되었으면

그래서
하늘 밭에

익은 열매 주렁주렁 달렸으면

여문 벼이삭 누렇게 달렸으면

성탄(聖誕)

겨울 밤

검은 산,

삐죽이 머리카락 세워

쿡쿡 찌르는 어둠

하얀 소금,

푹

푹

꿈틀꿈틀

단장(斷腸)

꿰찔리는

영혼(靈魂)

하얀 별,

나폴

나폴

날아 앉는

숨

겨울 밤

산 너머

민땅에 오시는

붉은 아가

세례식(洗禮式)

가장 아름다운 오월의 신부 되어
들꽃 한 다발 안고
발그레 고개 숙이고
신랑을 기다립니다.
긴긴 밤
초롱에 불 밝히고
하얗게 지새웠습니다.
이제야 제게 오시나요.
저기 저
하늘 문 열고
장미 비 맞으며
새들의 노래에 발 맞춰

다가와 입맞춤하는

아, 오늘은 새롭게 태어나는 날.

하얀 이마에 하얀 인장(印章)

삶으로 살아내겠습니다.

작은 아이

나는 이제야 알게 됐습니다.

내 마음보다 당신 마음이 더 크다는 것을

내 마음보다 당신 마음이 더 맑다는 것을

내 마음보다 당신 마음이 더 여리다는 것을

내 마음보다 당신 마음이 더 한결같다는 것을

내 마음보다 당신 마음이 더 견고하다는 것을

나는 쉽게 지쳐 당신에게서 뛰쳐나오곤 했습니다.

이 골목 저 골목, 풀어헤쳐 달렸습니다.

기다릴 줄 모르는

참을 줄 모르는

헤아릴 줄 모르는

나는 작은 아이였습니다.

산 너머 석양이 질 때

당신 품속으로 뛰어가 빨갛게 물듭니다.

프란스 신부님

책자에서 보았습니다. 내전(內戰)이 있는 시리아에서 교회와 남은 신자들과 끝까지 함께 하시겠다며 삶의 자리를 지키던 신부님이 참혹하게 돌아가셨다는 기사 - 2014년 4월 7일 복면을 한 자가 집 안에 들어와, 프란스 신부를 집 앞 길가로 끌어내 그 자리에서 머리에 두 발의 총격을 가하여 죽게 했다.

신부님은 생전에 말씀하셨다고 합니다. "여기는 제가 거의 오십 년을 살아온 터전입니다. 사람들이 나에게 정말 많은 것을 주었습니다. 아니 제가 가진 모든 것을 그들이 주었습니다. 이제 그들이 고통과 어려움을 겪고 있으니 그것도 함께 받고 싶습니다."

신부님, 그래도 슬픕니다. 이 무력함을 어찌합니까?

십자가 그분 앞에 달려가 아이처럼 울었습니다. “애야, 울지 마라. 내가 너희와 함께 있지 않느냐?”

침묵

푸른 잎이 성하더니

침묵의 벽에 부딪혀

붉게 물들고 물들어가니

흐르는 강에서

그 때

그 때

그 때

또 그 때인 지금을

줍는다.

말 없는

당신은

누에고치 같은 나에게서

긴 실을 뽑고 뽑아

꽃 같은

사람을 만드시는구나.

겨울나무의 회개(悔改)

가파른 절벽에 서서 발가벗겼다.

태양이 선악을 훑고

바람이 채찍을 휘두르고

새가 양심을 쪼았다.

나무가 꺾어졌다.

그리도 꼿꼿하던 나무가.

그리고 처절히도 울었다.

흰 눈이 온다.

돌아오는 탕자를 품어주는 아버지 같이

덮어주고

끌어안고

부비고

입 맞추고

끝내 같이 울고.

큰 사랑에

어김없이 봄이 오고

나무에 새 잎이 돋는다.

전쟁과 평화

종잇장처럼 구겨진 땅속으로
빨려 들어가는 검은 눈동자들
산천(山川)이 울부짖는다.
죽어 가는 핏빛 노을이 운다.

왜

침묵에서
십자가 예수를 받아 안는다.
우리가 살아남은 이유
폐허(廢墟)속 들꽃 아가처럼

초대

잔가지처럼 퍼져 나가
하늘을 찌를 때
아픕니다.

툭툭 치십니다.
나무 밑동만 남았습니다.

뒤척이다가 어젯밤,
온 몸으로 믿기로만 하였습니다.

그러시려

희구(希求)

겨울 강

얼어붙었네.

속으로

흐르고 흐르네.

겨울 강가에

서서

희망을 품었네.

어느 날

두꺼운 얼음

녹아내리기

시작하네.

산 속

개울물

맑은

물결 따라

붉은 나뭇잎

흐르고 흐르네.

흐르는 데로 흐르네.

들판에 서거들랑

가시관을 씌우고

채찍으로 휘갈기고

발로 걷어차고

야유(揶揄)를 퍼붓고

십자가에 못 박고

가장 사랑 많아

가장 약한 이

그래서 그렇게 돌아가셨나 보다.

폐허(廢墟)에서

눈물 꽃 죄스럽게 운들

바람 흐느끼며 가슴팍 친들

들판에 서거들랑

사랑 닮아

뒤척이다 서걱거리다 짓이기다 머금다

그래서

오색(五色) 꽃 만개(滿開)하나 보다.

마르타와 마리아*

마르타처럼 갖가지 시중드는 일로 분주하다.

고요한 마음이 멀리 달아나 버렸다.

길 걸어가며

차 타고가며

잠 깨어가며

사이사이 틈 시간에

묵직한 실타래를 감는다.

머리에

눈에

귀에

입에

가슴에

손에

발에

걸고 감는다.

색색별로 감긴다.

조각난 마음을 붙들어 잇는다.

마리아처럼 발치에 앉아 그분의 말씀만을 듣고 싶다.

소나기가 내린다.

사이사이 햇살이 비친다.

맑다.

조각보 같은 마음이라도 펼치면

햇살 가득 담을 수 있으려나.

* 루카 10:38-42, '마르타와 마리아를 방문하시다'

말씀을 따르는 이

부끄럽다.

헌신하는 사람들 앞

희생하는 사람들 앞

추운 겨울

가장 추운 이들에게

예수님의 손이 되어

예수님의 발이 되어

예수님이 가신

가장 낮은 곳으로

어제도

오늘도

내일도

내려가고 내려가

밥 푸고

몸 씻기고

집 짓고

같이 울고

같이 웃고

높은 데만 있는 나는

숨은 것도 보시는 그분 앞에서

한 없이 부끄럽네.

2 부

사랑한다면

산(山) 사람

산(山) 사람
산이 좋아 산에 사네.

나도
그거 하고 싶네.
좋아 거기
살고 있고파.

나는
내가 산(山)이라서

산(山)에 있어도

나무, 풀, 바위, 강물, 바람, 하늘, 구름, 안개, 비, 눈
정겹게 맞지 못했네.

허나
사랑 조금 알았으니
이 봄 되면
나도 산이 좋아 산에 사는
산(山) 사람 될 수 있으려나.

꿈꾸는 꽃

지나가던 길손이 꺾었다.

이끼 낀 물병에서 시들시들 울었다.

두툼한 손이 쓰레기통에 내팽개쳤다.

꽃 같던 별이 후두둑 떨어졌다.

밤하늘에는 어둠뿐이다.

돌밭을 굴러 흙에 묻혔다.

안으로 구르고 굴렀다.

몇 날, 몇 달, 몇 년을 익어

홍매화(紅梅花), 봄을 찾아왔다.

어느 순간

어릴 적, 할머니 살던 산골마을, 산모퉁이 돌아서면 무엇이 있었을까? 요즈음 자꾸 그 산모퉁이 뒤가 궁금하다. 그때는 몰랐다. 문득문득 생각한다. 버스를 타고 가다가 내가 가는 길 아닌 저 앞으로는 무엇이 있을까? 오늘도 부대끼며 만나는 사람들, 깊고 깊은 심중(心中)에 무엇이 서 있을까?

좁은 시야(視野), 얕은 마음(心), 짧은 보폭(步幅), 그 너머를 나는 볼 수가 없다. 보이지 않는다. 나만큼 볼 수밖에. 어느 순간, 안과 밖이 하나 되어 지(知)와 사랑(愛)과 고(苦)를 각인(刻印)할 때, 감사하며 그것을 행(行)하여 살아갈 수밖에 없음을.

눈물 나도록 혼자인 날에

어둠의 성(城) 안

컴컴합니다.

아버지 손잡고 들길을 걸어갑니다.

달빛 따라 하염없이 걸었습니다.

발등에 풀잎이 비벼댑니다.

발끝에 돌들이 구릅니다.

긴 머리카락 헤친 나무들이 출렁입니다.

강물이 재잘대며 흐릅니다.

별들이 잠들 때 아버지 팔 베고 나도 잠들었습니다.

눈 뜨니

성문(城門) 밖 빛 속에 뉘어져 있습니다.

나는 혼자가 아닙니다.

어두운 밤 함께 아름답게 걸어주는 아버지가 있습니다.

깊은 고독이 가르쳐 준 것

다리
섬과 섬 사이
바다처럼

바람
골과 골 사이
땅처럼

나비
잠과 잠 사이
빛처럼

허공

침묵과 침묵 사이

굴처럼

뿌리

가지와 가지 사이

엄마처럼

사랑한다면

사랑하는 사람이

항상 옆에 있을 거라고 생각하지 마세요.

사랑하는 사람을

항상 볼 수 있을 거라고 생각하지 마세요.

사랑하는 사람은

항상 마음에 있으면 된 거라고 생각하지 마세요.

사랑하는 사람과

항상 꽃길만 걸을 거라고 생각하지 마세요.

사랑한다면

가시밭길 따라 함께 하는 이 사람의 아픈 발을 어루만져 주세요.

흐르는 눈물을 닦아주세요. 마음을 포근히 품에 안아주세요.

그리고 고백하세요. '사랑해'라고. 온 우주를 담아.

고백(告白)

나무 크듯
봄날, 바람 부는 날
뿌리에서 잎까지 다다르는
흔들림으로.
잠깐 햇살에
이마 비비다가
잠깐 바람에
가슴 밀쳐내다가
한 뼘씩 크는 마디.
내가 그대가 되고
그대가 내가 되고
수 천 번 꺾어짐으로

푸릇푸릇

그대가

그립습니다.

꼬맹이 삐뚤빼뚤 지은 말(言)의 집, 붉은 벽마다

날아 앉아 조잘조잘 병아리.

하루가 다 가도록.

사람 냄새

사람 냄새는 온 몸으로 느껴지는 걸.

맡아보니

모두 꽃향기 같지는 않은 것.

금방 토라지고 돌아서는 새침데기 아가씨 톡 쏘는

수입 화장품 향수 같은 냄새

사람 냄새는 묵어야 익어야 삭아야

결 곧은 나무 같은

가을 날 새벽 문풍지 사이로 들어오는 한기(寒氣) 같은

존경(尊敬)과

깊은 샘 속 이심전심(以心傳心)의 파문(波紋) 같은

휘영청 누런 둥근 보름달 같은

포용(包容)이

그 냄새가 새록새록 묻어나는 걸.

깊은 된장 맛 나는 엄마 냄새

두 팔 벌려 기다리고 반겨 주고 안아 주는 고향의 품 같은.

담쟁이

담벼락에 담쟁이

여름이면 산처럼 푸르렀다.

잎이 잎을 딛고

창문을 덮었다.

문을 여는 눈을

작은 손이 감싸 안았다.

눈 감으니

푸른 네 얼굴이

한 장 한 장

떨어져 내렸다.

그때 너를 보았다.

너인 너를 보았다.

바로 보기 위해

눈 속에서

한 장 한 장

푸른 너를

떼어 내야 하나.

사랑, 너는 떠나지 않는 것임을

밤마다 빗장을 열었다 닫았다.

너를 떠나보내고자

너는 가는가 싶더니 또 돌아오고

먼발치서 인사하고 겨우 돌아서면 앞마당에 와 있고

너는 떠나지 않는 것임을

이때서야 알았다.

그런데 나는 왜 너를 떠나보내려 했을까?

너는 친구가 참 많더구나.

마음을 상하게 하는 친구

괴롭히는 친구

나락으로 떨어뜨리는 친구

나는 반갑지 않았어.

나는 너무 허약하거든

그 친구들이 조금만 건드려도 넘어져 버리거든

그러면 나는 너무나 아팠어.

나는 너와 함께일 때

햇살 맑은 날의 뽀송뽀송한 공기 같았으면

아이들이 뿜어내는 비눗방울의 무지개 같았으면

한 점 티끌 없는 웃음이 구르는 풀밭 같았으면

별과 달이 춤을 추는 은하수 같았으면

그랬으면 좋겠다고 생각했어.

그러나 너와 함께 뛰어놀던 모든 순간이 너무나 행복했음을

고통스러웠어도 행복했고

슬펐어도 행복했고

힘들었어도 행복했고

사랑, 너는 모든 것임을.

길

너에게로 가는 길에

나에게로 가는 길에

묵묵히 걸어가기만 하면 되는 것 아니었다.

길은 왜 이리 컴컴한가.

길은 왜 이리 꼬불꼬불한가.

눈이 내렸으면

별 같은 눈이 내렸으면

어둔 밤 바늘구멍 같은 작은 틈새로

부서지는 가느다란 빛을 꿰어

가야 하는 길 구부린 등에 아름드리 꽃 수(繡) 놓으련만

봄비

어깨를 들썩이고
입을 꽉 다물고

울먹거리다가
흐느끼다가

누런
손등을

뿌리치며
하루 종일 운다.

울고 나면
꽃 피고
봄 피고

반가와
더 울고 나면
하늘 말개지고
산 다가서고

그대

그대 그리는 마음

뜰 안
목련 피고

담벼락
박 열리고

밤하늘
달 차고

이제 하얗게 둥글게 큽니다.

봄밤

태양
빛, 빛…. 시간, 시간….
영원(永遠)

지구는 푸른 정거장
정거장에 잠시 내려 푸르러진 몸
푸른 밭을 구른다.
한바탕 봄밤의 꿈
찰나(刹那)

떠나는 날
사랑하는 사람아!

3
부

가인(街人)

방에 앉아

헐벗은 마음만 들여다보다가

헐벗은 몸 볼 줄 몰랐네.

헐벗은 집 볼 줄 몰랐네.

헐벗은 거리 볼 줄 몰랐네.

헐벗은 행인(行人) 볼 줄 몰랐네.

헐벗은 세상 볼 줄 몰랐네.

보아야 할 것들 볼 줄 모르고

방에 앉아

마음만 읽고 있었으니

마음만 닦고 있었으니

그

마음조차

그렇게도

헐벗고

허허벌판이었구나.

물고기

벗어나도

벗어나도

벗어나지지 않는

천형(天刑) 같은

이 '삶'은 무엇인가.

벗어도

벗어도

벗어지지 않는

천형(天刑) 같은

이 '나'는 무엇인가.

벗겨도

벗겨도

벗겨지지 않는

천형(天刑) 같은

이 '세상'은 무엇인가.

천형(天刑)은 감긴 감은 검은 눈(目)

산

저 험준한 설산(雪山)을 오르다가

산에 묻힌 이를 보고

엄마는 혀를 끌끌 찹니다.

산을 무엇 하러 오르느냐고.

엄마는 엄마의 산을 오르고 있음으로

모릅니다.

산이 있기 때문에 오른다는 산악인을

다만

'산은 내려오기 위해 오른다.'는 어떤 철학자가 쓴 글귀를 새기며 나는 나만의 산을 오르고 있습니다.

허나

자꾸 오르고 오르게만 되니

오르다가

서산(西山)에 해 지고 말 것 같습니다.

가인(街人)

누군가 쫓아오는 것 같았다.

천천히 걸을 수 없었다.

빨리 가야 할 것 같아 오히려 멈춰 버렸다.

돌아보니

아무도 없이

그림자만 서 있을 뿐.

들여다보는데

커졌다가 작아졌다가

휘청거리다가 꼿꼿하다가

떼어내려 해도 떼어낼 수 없는 것.

속삭였다.

주인(主人)이 되라고.

그래서 문득문득 그럴 때는

큰 그릇에 담겼다.

그림자에 붙은

썩은 나뭇잎

잡풀일랑

뜨거든 걷어내고

씻어진 몸일랑

천천히 일으켜

아름다운 수(繡) 놓으러

산천(山川)으로 가면.

그러면 되는 줄 알았다.

아니었다.

운무(雲霧) 낀 기암절벽(奇巖絶壁) 앞에 서니
가인(街人)의 욕심(慾心)이 아니던가.

툭

연못 속

파문(波紋)

번뇌(煩惱)의

동그라미

층층이

기어오르는

물방울

보이는 것과 보이지 않는 것

자고 일어나면 커 있었다.

길섶에 풀, 꽃, 나무….

앞마당에 강아지, 오리, 닭….

뒷산에 비둘기, 까치, 까마귀….

손톱 반달만큼씩

그러다가 어느 때 멈춰 버렸다.

사람도 그랬다.

허나

마음은

사랑은

더 클 수 있는데

더 자라지 않는 몸에 갇혀

이리도 몸부림쳐 댄다.

붉은 심장, 마지막까지 더 크려 하니

보이지 않는 너는 자라고 자라라.

세 가지 질문

밤마다 꿈꿨었다. 비와 천둥과 바람과 눈과 햇살이 찾아와 어우러지고, 맑은 개울물이 쉼 없이 재잘대고, 푸른 풀들이 쑥쑥 커가고, 나비 벌들이 춤을 추고, 희고 붉고 노랗고 푸른 이름 모를 꽃들이 얼굴을 비비며 가득 피어 있는 천국에 살포시 날아 앉아 내리는 꿈. 검어졌다. 날개가 떨어졌다. 옆구리를 근질거리던 날개가 간밤에 방 안에서 푸득푸득 날려다 천장에 부딪혀 떨어져 버렸다. 밤의 굴속으로 들어가는 지하철을 타고 내 속으로 깊숙이 내려앉아 날개를 꿰매단다. 톨스토이가 묻는 '세 가지 질문'에 톨스토이가 답한 답이 적힌 책장을 접어 머리에 넣으며 활주로를 이륙하는 비행기처럼 서서히 날아본다. 입으로 중얼거리며 몸으로 말할 때까지 날고 또 나는 연습을 해야 한단다. 신문에서, 방송에서. “이 세상에서 가장 중요한 때는 바로 지금이고, 가장 중요한 사람은 바로 지금 내가 만나는 사람이고, 그리고 이 세상에서 가장 중요한 일은 바로 내 옆에 있는 사람에게 선(善)을 행하는 일이다.” 눈물 마르도록 지독한 사월의 밤이다.

고해(苦海)

고단하여 어찌할 수 없을 때라도
다스리십시오.
감기는 육신의 눈을

가난하여 어찌할 수 없을 때라도
붙잡으십시오.
던지는 마음의 끝을

외로워 어찌할 수 없을 때라도
견디십시오.
길고 긴 고독의 정적을

가눌 수 없는 고해(苦海)에서

포기하지 마십시오.

지금 건너고 있는 중입니다.

시간의 두 팔로 힘차게 저어 가며

사랑

사랑은
모든 것을 덮어 주고
모든 것을 믿으며
모든 것을 바라고
모든 것을 견디어 냅니다.*

사랑, 그것
깎아지른 계곡에서의 사투(死鬪)
하늘에서 내린 밧줄 부여잡고

사랑, 그것
사력(肆力) 다해 기어오르고 기어오르면

바위 틈새 하늘 닿아 피어나는 한 떨기 꽃

* 1코린 13:7, '사랑'

소

소가
밭을 간다.
평생을 갈고 있다.
큰 눈에 울지도 않고
오히려
피식 웃는다.
되새김질 하는 건
볏짚 뿐
돌아보지도 않는다.
서러워하지도 않는다.
분노하지도 않는다.
다리에 힘 빠지는 날

팔리려

짐차에 실릴 때

그때서야

밭이랑

부비며

속으로

속으로

몸부림친다.

할머니의 사진들

굽이굽이

굽이치는

한(恨) 세월(歲月) 속

할머니 가슴에는

천근만근 숯덩이

묵묵했다.

타는 나무라도

산모퉁이

돌아

새색시

시집올 때

꽃잎은 파르르 떨었었다.

여린 가슴이라서

들

움푹움푹

포화(砲火)에

갈기갈기

누런 잎사귀 부서졌었다.

가슴 짓이기며

AI철새

숨의 천국(天國)

늪 언저리

가창오리 떼

앉아 노닐더니

TV에서 죽어 있다.

시베리아 하늘에서

날아올 때는

꿈꾸고 있었겠지

죽어가고 있는지 몰랐겠지

죽은 후에

또 죽는지 몰랐겠지

허연 봉지에 갇혀 퍼덕이며 산 채로

오리

닭

따라 TV에서 죽어 갔다.

따라 허덕이던 아저씨도 죽어 버렸다.

나는 이렇게 살아 있는데

추운 겨울에 너희들은 아저씨는

함께

마음이 가난하여
손 펼칩니다.

마음이 가난하여
눈 뜹니다.

마음이 가난하여
발 닿습니다.

마음이 가난하여
문 엽니다.

마음이 가난하여

벽 허뭅니다.

마음이 가난하여

길 찾습니다.

마음은 비워가는 것이 채워가는 것 같습니다.

나목(裸木)

농사는 정직한 거라고 그랬다. 친구가 물었다. 농사가 어떻게 정직하냐고. 태풍에 낙하한 과실(果實)들을 어루만지며 눈물 흘리는 농부 앞에서,

아들을 잃고, 가난에 찌들고, 병고에 시달리고. 한 생(生)을 정직히 기도(祈禱)해온 한 할아버지가,

울지 말란다. 지나면, 나목(裸木)에 보이지 않는 것이 보이는 심안(心眼)이 열린다고.

정직한 땅이 있어 정직한 거라고, 정직한 사람이 있어 정직한 거라고, 정직한 하늘이 있어 정직한 거라고.

4부

마음 연습

그네

마음은

하양,

빨강,

주황,

노랑,

초록,

파랑,

남빛,

보라,

검정,

쏙,

쏙,

얼굴 내밀고

땅에서

하늘로

하늘에서

땅으로

춤추는

그네 같은 것.

술래잡기

나를 만나러 들어갔다.

네가

그가

그녀가

서성였다.

나는 물었다.

나는 어디 있냐고.

바위 사이에

나무 뒤에

논밭 속에

꽃밭 옆에

꼭꼭 숨어

돌이 되고

잎이 되고

이삭이 되고

꽃이 되고

네가 되어

그가 되어

그녀가 되어

나는 무서워 울어버렸다.

해거름에

아버지가 불렀다.

엄마가 불렀다.

이야기 떠나갔다.

민낯

민낯

나도 본 적 없는데

나도 볼 수 없는데

그런

민낯

엄마에게 보이려다

언니에게 보이려다

외로워져 버렸다.

얼굴 씻고

덕지덕지

화장해 버렸다.

그래서 어른들은 화장을 하나보다.

멀어져 갈까봐

떨어져 갈까봐

주름

잡티

검버섯

감추려 화장을 하나보다.

민낯

검푸르러져 버렸다.

문(門)

누군가 들어온다.
들어오라 말도 하지 않았는데
형광등을 켜고
이것 저것 주섬주섬 들고
휑한 바람을 남기고
나간다는 말도 하지 않은 채
나가버린다.
두껍고 육중한
문을 닫고
사이에 문 있은 들

밤이면 그림자

낮이면 햇살

앞서 보내

헤아리고

곱디고운 발뒤꿈치 들고

사뿐사뿐 뒤따라 걸어와

이것 저것 보듬고

따뜻한 온기 남긴 채

살며시 사라진다.

나무 살에 창호지 곱게 입은

문을 열고

사이에 문 있으면서 없는 듯

하늘을 만나려면

땅을 밟으십시오.
땅 위에 하늘이 있습니다.

산을 오르십시오.
산 위에 하늘이 있습니다.

강을 헤엄치십시오.
강 위에 하늘이 있습니다.

바다를 건너십시오.
바다 위에 하늘이 있습니다.

언뜻언뜻

우러르다가

땅만큼

산만큼

강만큼

바다만큼

하늘을 만날 수 있을 겁니다.

출구(出口)

어딘가에 입구가

들어서서

달음박질해 가다보면 턱 가로막고 있는 벽

사이

온 몸으로 부딪혀야 열리는 문

열고나와

다른 길로 조금 가다보면 그 앞에 또 벽

내가 만든 벽(壁)

두껍고 차갑고 높고 컴컴하고 막막하고

먹먹하게 주저앉게 쓰러지게 포기하게 잃게

비틀비틀 일어서고 흔들흔들 일렁이고 주춤주춤 멎고 멈칫멈칫 다가가고

질긴 동아줄 질끈 허리에 매고

타고

올라

내가 부수어가는 벽(壁)

길 찾아

뛰다보니

절망하면 그게 벽

투신하면 그게 문

어딘가에 출구가

창밖 세찬 바람

어디서 오나

얼굴 없이

문 닫고

꼭꼭

숨으면

집채마저 삼키니

벌판에

서서

맞아야나

바람 부는 데로

나무처럼

물결처럼

마음 연습

검은 골 앞에 서서 검은 밤 짚으면 검기만 합니다.

검은 절벽 끝에 서 있다고 생각하지 마세요.

검은 커튼을 열고

의지(意志)의 발로

한 발자국 내딛으세요.

애벌레가 옷을 벗듯

한 발자국 올라가세요.

검기만한 무(無) 덩어리

너머

설레는 앞이 보일 겁니다.

끝은 없습니다.

달

내 눈은 앞을 보게 만들어졌습니다.

내 앞사람의 티는 잘 보입니다.

내 눈의 들보는 잘 보이지 않습니다.

내 앞사람의 티를 샅샅이 빼내려 합니다.

내 앞사람에게서 아픈 눈물이 흐릅니다.

내 눈에서도 눈물이 흐르기 시작합니다.

내 눈의 들보가 티가 되어 보이기 시작합니다.

내 눈의 티가 흘러내리기 시작합니다.

마음 속

선(善)과 악(惡)

한 몸인 걸

선은 몸 앞

악은 몸 뒤

낮 지나면 밤 오듯

밤 지나면 낮 오듯

선과 악,

서로 작아졌다가 커졌다가 하는

달과 같은 걸

허수아비

바람이 곡예(曲藝)하는 벌판에서

허수아비 춤추고 있네.

나무도 춤추고

꽃도 춤추고

풀도 춤추고

새도 춤추고

바람 맞아 제 얼굴로.

허수아비 혼자 허수아비였네.

선(善)한 마음 하나면 될 줄 알았네.

그런데

벼들이 고개를 흔들어대니

선한 마음도 선한 게 아니었나보네.

무심(無心)의 작은 새

작은 새가 나뭇가지,

잎과 잎을 오가며 노닌다.

나무 앞에서 뚫어져라 쳐다보는데

눈이 맞닿으려는데

마음을 갖고

날아 가버렸다.

그래, 이국(異國)에 살고 있구나. 너와 나.

빛

그가 물었다.

당신을 가장 좋아해요.

거울이 말했다.

가장 고독한 사람,

가장 외로운 사람,

가장 서글픈 사람,

진정 사랑하는 이 옆에 없고,

진정 진실한 이 옆에 없고,

진정 순수한 이 옆에 없고,

절벽 앞

비추이는 빛

그래서

더 사랑하려고,

더 진실하려고,

더 순수하려고,

새

우거진 자연의 숲을 걷다가

부르튼 발로

진리를 헤집고 오르고 올라

새벽의 어깨를 딛고

푸르른 창공으로 날아오르는

새들의 몸짓.

그대가 가르쳐 줘

이렇게

날 수 있습니다.

낙타

머리에 삶을 얹고 두 손은 옆에 딱 붙인 채 앞만 보고 걸어왔다.

그러나

내리쬐는 태양 아래, 가도 가도 끝이 없는 모래사막을 걷는 발이었기는 했나.

그래도

언뜻언뜻 사루비아 붉게 타던 꽃길서 목 축이던 가슴에 살아있었었구나.

5부

빈손

맥락에서 다르게 해석되는 단어들처럼

1.

세상은 멀다.

세상은 무겁다.

세상은 어둡다.

세상은 좁다.

세상은 춥다.

·

·

돌아오는 밤길,

달빛이 같이 가며

끝이 없을 것 같은 검은 길에

골이 깊은 속을 곱씹고 곱씹어

사랑하는 이들이 잠든 집에 이르렀다.

·

·

사람은 가깝다.

사람은 가볍다.

사람은 밝다.

사람은 넓다.

사람은 따뜻하다.

2.

꽃을 꺾는 자

사람이다.

꽃을 심는 자

사람이다.

땅을 짓밟는 자

사람이다.

땅을 가꾸는 자

사람이다.

강물을 막는 자

사람이다.

강물을 터놓는 자

사람이다.

새를 떨어뜨리는 자

사람이다.

새를 날려주는 자

사람이다.

사람을 죽이는 자

사람이다.

사람을 살리는 자

사람이다.

안개

발을 내딛는데

뿌연 안개와

부딪혔다.

한 걸음

앞으로 걸어가는 만큼

한 걸음

뒤로 물러섰다.

앞으로

앞으로

가는데

앞서 가던

사람들이

속으로

하나

둘

점점

사라져 갔다.

나도 서서히 그럴 터

돌아서

흘깃 보니

뒤에

도시 머리만 덩그렇게 남았을 뿐.

안개는 큰 입 벌리고 삼키려 든다.

광고 카피 한 줄의 순리(順理)

광고 자막이 뜬다.

'만나란다. 인생은 한 번 뿐이니까'

한 번 뿐이니까

그깟 것

꽉 움켜줘고 싶다.

허나

살아보라.

잡히는 게 있던가.

빛도

공기도

시간도

세월도

숨결도

세상도

그대도

나도.

“인생은 한 번 뿐이니까”

언덕배기 무덤이 말없이 말하고 있다.

“들을 귀 있는 자 들으시오.”

추모공원(追慕公園)

죽
은
자
들
의
행
렬

산 자 들 의 행 렬

추모(追慕)

가신
아버지
살아 계시네.

살아서 죽어라
하시네.

그래야
죽어서 살아있다
하시네.

돌아가신 울 아버지

언덕에 서서 겨울바람 막아 주던
나무 같은 사람

여린 가시에 붉게 멍들던
꽃잎 같은 사람

하얀 속살에 실핏줄마저 숨기지 못하던
양파 같은 사람

사랑 깊디깊어 마르지 않고 샘솟던
강 같은 사람

돌아서서 눈물 삼키고 돌아 환히 웃던
햇살 같은 사람

그런
돌아가신 울 아버지 보고 싶다.

소나무

노송(老松)의 백발(白髮)

한 올 한 올

종달새

봄 데리고 오는 길

종종걸음이었는데

푸르던 잎

기다리다

기다리다

지쳐

겨울

흰 눈에

얼어버렸네.

이별(離別)

참 이상하다.

그리움이라는 것.

떠나니

더 있는 것.

보내니

더 다가오는 것.

지니

더 살아있는 것.

돌아서니

더 사무치는 것

참 몰랐다.

고통이라는 것.

하늘과 땅 사이 길

그대는 가고

그대는 남고

이 길에 서 있는데 저 길이

저 길에 서 있는데 이 길이

울면서 다가왔다.

가시엉겅퀴 한 무리

바람에 파고들었다.

무거워진 짐

커진 머리에 이고

굽은 등골에 지고

애지중지(愛之重之) 걸었다.

어느 즈음

굽이진 강을 만나

건너려

짐 풀어헤치니

그 속에

파란 하늘

날아다녔다.

여름 풍경

헐떡헐떡 숨만 쉰다. 땡볕을 달려왔다. 긴 혀를 쑥 내밀고 축 처진 다리에 머리를 조아리고 곁에 앉았다. 숨구멍에 땀이 고였다. 비가 왔으면. 비 아닌 뼈 몇 개가 날아왔다. 먹고 싶지 않다. 뜨겁다. 모두 늘어졌다. 꼬맹이도 할아버지도 나무도 새도 산도. 오수(午睡)에 잠겼다. 땡볕만 깨서 눈이 말똥말똥하다. 짖어도 땡볕은 도망가지 않는다. 뉘엿뉘엿, 논두렁에서 바람이 걸어온다. 할머니가 이고 오는 푸릇푸릇한 잎가지 너른 폭치마에 땡볕이 휘감기며 들녘은 일렁였다. 푸석푸석 깬다. 꼬맹이가 문을 열고 울며 나온다. 꼬맹이는 할머니 발걸음을 어찌 알았노. 사립문 안팎을 불호령 내리는 맴매소리에 여름은 팔딱팔딱 뛰다가 몸만 비빈다. 익고 익어 들녘

누렇게 되거든 여름은 못난 몸이라도 있어줘서 고마웠다고 한 마디만 듣고 싶다.

빈손

덧없다.

낮에 왔다가

밤에 가는구나.

꽃 필 때 왔다가

잎 질 때 가는구나.

살다가

가는구나.

흙에서 왔다가

흙으로 가는구나.

고향에서 왔다가

고향으로 가는구나.

눈 감고 왔다가

눈 감고 가기 전

살고 싶다.

사랑할 때 살고 싶은 것.

사랑할 때 살 수 있는 것.

많이 많이 사랑하라

하시는구나.

빈손으로 사랑하다가

빈손으로 사랑 남기라

하시는구나.

열매

산기슭

꼬불꼬불

시냇물

쉬지 않고

흐른다.

어느 즈음

차가운 돌 벽 깨뜨리려

던지는 몸

낙하하여

하얗게 부서진다.

바다에 닿았다.

너도

나도

안겼다.

가을날

나무에

한 송이

한 송이

주렁주렁 맺혀

햇살 아래

찬란히 빛난다.

한 그루

한 그루

어우러져

숲

다정하다.

방울방울

땀방울

땅 위를 구른다.

봄

뿌리째 뽑으려나.

뽑혀 산등성이에 쓰러지면

지나가던 뙤약볕 걸터앉아 쓰다듬어 주기에

따뜻했다.

그냥 오는 것 아니다.

견딜만하니까

그냥 가는 것 아니다.

견뎌냈으니까

단련된 나무는

혹한(酷寒)에 봄을 꿈꾼다.

그 봄엔

만물(萬物)이 소생(蘇生)하는

생명(生命)의 향연(饗宴)

그 화창한 봄날에

아버지를 떠나보냈습니다.

예수님도 봄 속에서

죽음을 맞으셨지요.

그러나

그 예수님이 부활하셨음을 믿기에

생(生)의 겨울에도

추위와 어둠을 더듬어

생(生)의 봄 길을 찾아 나섭니다.

긴 산고(産苦) 끝에 나무에 꽃이 열렸다.
아버지도 웃고 계시겠지요.

초록 그리움

초록이다.

초록 섬에 초록 밭에 초록 나무에 초록 열매다.

별에서 와서 별로 가기 전

영글어 달린 얼굴이다.

시간은 포개 담아

바람 부는 날

횡렬로 뿌린다.

악보 위 노래 가락 춤추듯

하늘에 매달려

사뿐사뿐 내린다.

간질이는 방울에

오늘 웃고 싶다.

■
해설

영성으로 향한 첫걸음 '사랑'

변성래(북 칼럼니스트)

시를 읽고 싶을 때가 있다. 아니 시를 읽어야 할 때가 있다. 마음이 걷잡을 수없이 안으로 안으로만 돌아설 때라든가, 반대로 내 주변 상황에 너무 많이 마음을 뺏겨서 정신을 못 차릴 때든가.

그저 평범한 일상 속에서 만나는 시(詩)들은 낯설다. 나와 무관한 인파속 한 사람일 수도 있다. 자연 생태학적으로는 씨를 뿌리기 전 땅을 부드럽게 해줘야 한다. 씨앗이 자리를 잡을 수 있도록 품어줘야 한다. 때로는 객토도 필요하다.

이채현 시인의 맑은 詩 한편 한편이 굳어지려는 마음 틈새로 들어와 자리를 잡는다. 싹을 틔운다.

누군가 쫒아오는 것 같았다.
천천히 걸을 수 없었다.
빨리 가야 할 것 같아 오히려 멈춰버렸다.

—「가인(街人)」 중에서

빨리 가야 하기 위해 멈추는 훈련이 더욱 필요한 요즈음이다. 움직임에 익숙하다보니 멈추어 서 있는 것이 어색할 수 있다. 집중 못하는 산만한 아이들은 놀이치료라도 받지만, 어른들이 문제다. 시인은 멈추어 서서 걸어온 길을 돌아보고 갈 길을 내다본다.

산(山)사람
산이 좋아 산에 사네.

나도
그거 하고 싶네.
좋아 거기
살고 있고파.

나는
내가 산(山)이라서

산(山)에 있어도
나무, 풀, 바위, 강물, 바람, 하늘, 구름, 안개, 비, 눈
정겹게 맞지 못했네.

허나
사랑 조금 알았으니
이 봄 되면
나도 산이 좋아 산에 사는
산(山) 사람 될 수 있으려나.

—「산(山) 사람」 전문

사랑을 아는가. 사랑 속에 깊이 들어가 본적이 있는가. 책의 겉표지만 보고 재미없을 거야 하는 마음에 들여다 볼 생각을 하지 않았는가. 아님 이별의 두려움이 먼저 다가와서 그런가. 또 나는 사랑을 다 아는 듯 살지 않았나. 사랑은 나를 비우는 것이다. 나를 비운 자리에 당신이 들어와서 평안함을 느끼게 되길 소망하는 것이다.

절망하면 그게 벽
투신하면 그게 문

—「출구(出口)」 중에서

짧지만 임팩트가 강하다. 같은 장소, 같은 재질이다. 그럼에도 마음은 다르게 반응한다. 벼랑 끝에 서면 두 가지 반응이 온다. 날개를 펴고 오르느냐 아니면 그대로 추락하고 마느냐.

그대 그리는 마음

뜰 안
목련 피고

담벼락
박 열리고

밤하늘
달 차고

이제 하얗게 둥글게 큽니다.

—「그대」 전문

누군가를 그리고 사랑하는 일은 가만히 바라보는 것이다. 그 자체를 내 안에 받아들이는 것이다. 시인은 목련이 피고, 박이 열리는 것을 초조히 바라보고 있는 것이 아니다. 바라보다보니 목련도 피고, 박도 열리고, 달도 차고, 둥글게 자리잡는 것이다. 여기서 '그대'는 높으신 그분이시라는 생각도 든다. 나의 영을 밝게 채워주시고 싶어 하시는 그분.

사랑을 그리려고 하면 사랑이 사라진다. 사랑을 잡으려면 사랑이 도망간다. 사랑은 그저 현존(現存)이다. 깨어있음이다.

나의 시간 속에 무엇을 남겨야 하겠는가. 온기도 사라진 나의 손이 이 땅에 무엇을 남기기나 하겠는가. 살아 있을 때 그 따뜻함을 전할 일이다. 떠나도 그 온기가 남아서 몸과 마음이 힘든 이들에게 평안함이 전해지면 그만이다. 시인의 시 '빈손'을 통해 얻는 단상이다.

덧없다.
낮에 왔다가
밤에 가는구나.
꽃 필 때 왔다가
잎 질 때 가는구나.
살다가
가는구나.
흙에서 왔다가
흙으로 가는구나.
고향에서 왔다가
고향으로 가는구나.

눈 감고 왔다가

눈 감고 가기 전

살고 싶다.

사랑할 때 살고 싶은 것.

사랑할 때 살 수 있는 것.

많이많이 사랑하라

하시는구나.

빈손으로 사랑하다가

빈손으로 사랑 남기라

하시는구나.

—「빈손」 전문

이채현 시인의 시 전편에 흐르는 맑은 기운은 밝고 강한 영성(靈性)이다. 그 영성은 결국 사랑이다. 사랑이 없으면 영성도 소용이 없다. 영성과 지성은 바로 이웃해 있다. 사랑이 결여된 지성은 용납할 수 있어도 사랑 없는 영성은 진짜가 아니다. 이채현 시인은 나무를 보며, 달을 보며, 내 이웃을 보며 그 안에 담긴 신(神)의 마음을 읽는다. 그 마음이 내 안에, 내 이웃에게, 무릇 모든 살아 있는 생명들을 품어주라는 그분의 뜻을 옮기고 있을 뿐이다.

지은이 이채현

1964년 경상북도 안동에서 태어나, 1988년 이화여자대학교 국어국문학과를 졸업하고, 1993년 이화여자대학교 교육대학원 교육학과를 졸업했다. 현재는 프리랜서 작가로 활동하고 있다. 시집으로 『그대에게 그런 나였으면』, 『하늘에서 꽃이 내리다』가 있다.

사랑한다면

1판 1쇄 인쇄_2014년 10월 21일
1판 1쇄 발행_2014년 10월 31일

지은이_이채현
펴낸이_양정섭
펴낸곳_작가와비평
등록_제2010-000013호
블로그_http://wekorea.tistory.com
이메일_mykorea01@naver.com

공급처_(주)글로벌콘텐츠출판그룹
대표_홍정표
편집_김다솜 노경민 김현열 **디자인**_김미미 **기획·마케팅**_이용기 **경영지원**_안선영
주소_서울특별시 강동구 천중로 196 정일빌딩 401호
전화_02-488-3280 **팩스**_02-488-3281
홈페이지_http://www.gcbook.co.kr

값 9,000원
ISBN 979-11-5592-127-2 03810

※ 이 도서의 국립중앙도서관 출판시도서목록(CIP)은 e-CIP홈페이지(http://www.nl.go.kr/ecip)와 국가자료공동목록시스템(http://www.nl.go.kr/kolisnet)에서 이용하실 수 있습니다.
(CIP제어번호: CIP2014029487)